이경숙 시집

자작나무 숲으로

자작나무 숲으로

| 이경숙 시집 |

한누리미디어

자작나무 숲으로

| 시인의 말 |

시원하게 뻗어 올린 자작나무 숲에서
머릿속을 휘젓고 가는
생각 하나 붙잡아야 하는데

보이지 않는 꽃씨 하나
가슴으로 끌어안고
밤을 새우더라도
활짝 핀 꽃 한 송이 피워야 할 텐데

여리고 가냘픈 연둣빛 새싹을 모아
푸른 하늘에 힘차게 날려 보렵니다

세심하게 가르쳐 주시고
격려해 주신 김태호 선생님과 문우님
그리고
항상 사랑으로 보살펴 주시는
하나님과 가족들에게 감사드립니다.

2022년 7월

이 경 숙

차례

제 1 부 흐름 위에 놓여

제2부 바다 위를 건네

차례

제3부 달맞이꽃

제4부 너만 생각하면

차례

제5부 탄천을 걷다

제 1 부

흐름 위에 놓여

봄을 달려라/ 먼동이 트려나
흐름 위에 놓여/ 혼자 우는 카톡/ 어느 봄날
내 안에/ 리셋버튼 / 타임푸어 세상/ 아브라카다브라
살아보니 그래/ 그게 다다/ 시절인연/ 오오, 원더플
대박/ 문을 열고 나가 보는 거야

봄을 달려라

설핏 봄 오는 소리 들려
아른거리는 불빛 따라
서둘러 떠나는 자동차
캄캄한 어둠도
간단없이 달려가네

다가오는 봄빛 행렬
추웠던 겨울 훌훌 털고
옅은 안개 속으로 내달아
파릇한 잎새이고 개울을 떠가네

먼 산봉우리 어김없이 해가 뜨려나
사위어가는 불빛 그늘에
날아드는 꽃향기
봄을 달려라
봄길을 달려라

먼동이 트려나

차가움 견뎌내는
외로운 자리
담담히 서 있는 가로등아
고단한 옷자락 여미는
파리한 모습 안쓰럽구나

매정한 칼바람 마주하고
온몸 흔들어 우는 나무야
속 깊은 가슴 한 켠엔
숨겨 둔 여린 잎새 어찌 하려나

차디찬 밤
시퍼런 강물 거슬러 올라
곧게 뻗은 길 위에 서서
애써 뿌리친 손목 잡아보리라

스산한 마음
수런거림 가득한데
눈물조차 메마른
저 산등성에도 붉으레 동은 트려나

흐름 위에 놓여

비가 오네
아스팔트를 적시며
불빛에 반짝이는 빗방울
잠든 풀잎 깨우려 하네

밤새 흐르는 빗물은
쉴 사이 없이
가만가만 낮은 곳으로 흘러가고 있네

서늘한 아침 안개 속
말갛게 씻긴 길 위엔
동그란 민들레 홀씨
가벼움으로 흩어져 날아오르네

이룰 수 없는 사랑의 눈짓마저도
자글자글 소리 내는 몸짓으로
무심히 흘려보내리니

어디
세상 이치가
흐르고 싶어서 흐르던가

혼자 우는 카톡

바람은 저 혼자
창문 흔들고
잠 못 드는 밤
맴돌다 가네

손 내밀어도
뼛속 깊이 닿을 수 없어
조바심치며 서성이고
터질 것 같은 머리에
숯불 얹고 사는 여름

온종일
움켜쥔 핸드폰
카톡도 외로워서
한밤중에 까똑까똑 혼자서 우네

어느 봄날

모든 것이 한 순간이더군

새끼손가락 문틈에 끼어
짓이겨지는 것도
눈 깜짝할 사이더군

신경은 끊어지고
붉은 피 뚝뚝 흘러내려
프랑켄슈타인처럼 꿰매놓은 상처
벚꽃이야 피건 지건
아픈 손가락만 보이더군

따사로운 햇살
연분홍 진달래 꽃잎 삼켜 버린
내 칠순의 봄날도
영락없이 그렇게 가버리더군

내 안에

하얀 거품 베어 문
망망한 바다
가슴 써늘한 거친 파도
갈매기 날갯짓과 어우러진
한 폭의 그림

겹겹이 에운 산
세찬 바람 따라
잎사귀 부딪는 소리
옴짝달싹 못하는 산등성엔
어여쁘게 떠오르는 둥근 달

내 안에
검은 바다, 깎아지른 산
오르락내리락
아슬아슬
두 팔 벌려 세상을 보듬어 보네

리셋버튼

컴퓨터가 버벅거리면
그냥 리셋버튼을 누르지
완전히 껐다 켜면
감쪽같이 새로운 화면이 떠오르거든

인생이 꼬였다고
리셋버튼을 누를 수는 없잖아
죽었다 다시 태어나는 버튼은 안 보여

그렇지만 마음 굳게 먹으면
다시 태어날 수 있어
그렇게 믿고 가는 거야
천만 갈래 바람이 불어도
리셋버튼 누르기를 포기하면 안 돼

햇살 바른 창가에 앉아
따끈한 아메리카노 한 잔
행복 버튼이 저절로 켜지던 걸
리셋, 리셋

참 쉽구먼

타임푸어 세상

바쁘다 바빠

할 일은 많고 시간은 없고
타임푸어* 늪에 빠져 있네

멀리서 보면 한가로워 보이지만
가까이 들여다보면
모두가 바빠

엄마 손 잡고 어린이집 가는 아기
학원을 다섯 군데나 뺑뺑 도는 아이
핸드폰 들여다보는 전철속 풍경
모두들 한눈팔 사이 없이
앞만 보며 달려가네

천천히 가면 뒤처질까 두려워
팽이처럼 팽팽 돌고 돌면서
내일 위해 열심히 살아가네
타임푸어 세상을 거뜬히 이겨내네

*타임푸어: 일에 쫓겨 자유시간이 없는 현대인

아브라카다브라

도무지 다시 살아날 것 같지 않은
겨울 담쟁이
바싹 마른 가느다란 핏줄
절벽 움켜쥐고 안간힘을 다한다
구석구석 끝 간데없이
영역 표시해 놨다

소통하는 SNS 소리 들린다.
까똑
"나 여기 있다오"
까똑
"걱정 말그라 내 다 안다"
까똑
"죽을 힘을 다하고 있데이"
까똑
"조금만 더 버티시게나"

보인다
꿈틀꿈틀
봄비 오시는 날 실눈 뜨고 보면

실핏줄마저 힘차다
아브라카다브라*
말한 대로 되리라

*아브라카다브라: 히브리어–말한 대로 되리라
너의 불꽃을 세상 끝까지 퍼뜨려라

살아보니 그래

애달파하며 살았어
모든 게 잠깐이더군
힘들면 힘든 대로
살아지더라
키 큰 소나무가 아니면 어때

풀숲에 하얗게 피는
찔레꽃으로 사는 것도 좋아
유월바람에 흔들리며 사는 거야

기쁨은 순식간에 사라지더군
즐거웠다면 됐어
웃음도 눈물도 섞여야 제맛이지

살아보니 다 부질없더라

졸졸졸 물 흐르듯
내 안에 사랑 하나 익혀가며
철 지난 밤송이로 살아가면
어쩔 거야

살아보니 그래

그게 다다

오르고 내려가는 것

눈 앞 보이는 오르막 길
그 뒤는 내리막 길
또 이어지는 산
숲도 나무도 보이지 않고
가시밭길 질펀히 누워있다

몸부림쳐도
사라지지 않는 산
오르면 되고
내려가면 된다

흔들리는 다리 위라도
그저 절름거리며 걷자
그게 다다
견딜 수 있으면 그만이다

별 거 아니지
그냥 살자

시절인연

만날 사람은 만나게 되고
못 볼 사람은 못 보게 된다는데

기억 속에서 사라졌다 솟아오르는 불덩이

된 시름 이기지 못 해
가슴에 얼음꽃 피워놓고
자다 말다 웁니다

소리 질러 울더라도
홀로 치유하고 있다고 생각해다오

네게로 돌아가고 싶은 마음은 없어
사라져 버려라
하나
둘
셋

그러나 내 마음은
눈 깜짝할 새에

너와 함께 있던 시절로 돌아가 버린다
이 또한 시절인연인가*

*시절인연: 사물의 현상이 시기가 되어야 일어난다는 말을 가리키는 불교용어

오오, 원더플

너
창밖 풍경 속에 오도카니 서서
엉킨 전깃줄에 시퍼런 응어리 매달고
검은 딱정이를 하나씩 잡아 뜯고 있네
마른 검불 쫓아 겅중거리다
맨발로 불판 위를 걷는 아픈 사랑
다시 그 시간으로 가고 싶지 않아

사납게 몰아치는 폭풍우 견뎌내고
현기증에 시달리는 열대야 날려버린 순간
상큼한 가을밤이
너를 기다리고 있는 것이 놀라워

이쯤 되면
달콤 쌉싸름한 커피를 마셔줘야 해

소나무 숲 사이로 초록 바람 불고
하늘 올려다보는 너
햇빛 속으로 타박타박 걸어가고 있어

오오, 원더플
여전히 너는 빛날 거라 믿어

대박

길가에 툭 떨어져
생을 마감한 매미 한 마리
개미떼 달라붙어
집으로 가져갈 태세
탱탱한 뱃살 뒤집혀
그 자리 요지부동이다

언감생심
무슨 수로 개미굴로 끌어가려나
백날을 붙어있어 봐라
천날도 모자랄 걸

아뿔싸

세상엔
안 되는 일도 더러 있다는
세상 이치 읊어본 줄 알았는데
뱃속으로 작은 터널 뚫어놓고
들락날락 감쪽같이 해치우다니
개미의 한 수

대박

문을 열고 나가 보는 거야

허한 세상 샅샅이 비추는 해
때가 되면 서서히 사라지지
빛이 없다고 살 수 없는 건 아니야
눈 잠깐 감았다 떠 보면
한 줄기 산들바람 불어오더라

살아간다는 건
혼자라도 불을 켤 수 있어야 해
말간 촛불 하나 밝히는 거야
일렁대는 불빛이
가슴속에 풀꽃을 피워대는 걸

사라진 것은 사라진 대로
앞으로 걸어 나가야 해
재킷을 빌려 입고서라도
저 문을 열고
나가 보는 거야

그걸 믿어야 해

— 자작나무 숲으로 —

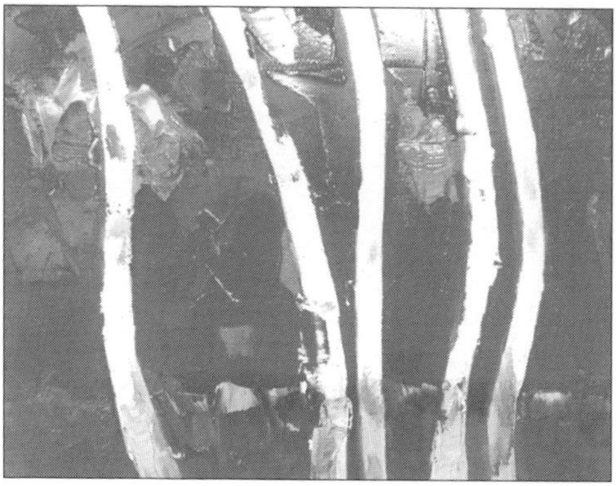

제2부

바다 위를 건네

바다 위를 건네/ 새벽바람
감기/ 괜찮아/ 산다는 건/ 요가수련/ 산길
아닌 걸 알아/ 어떤 랑데부/ 나비잠/ 올 테면 오라
소리가 들려/ 끄웃/ 그뿐이더라/ 썸 타기

바다 위를 건네

끝이 보이지 않는 까마득한 계단
숨 가쁘게 오르는 꿈
깨어나고 싶더라

허리가 아프고
다리 저리고
행동반경이 줄어들고
침대 둘레만 오가는 시간
언제쯤 저 넓은 거실 걸어볼 수 있을까

진통제, 우울증 약 삼키고서야
찾아온 평온
나의 깊숙한 곳에서의 귀엣말
작은 일탈이라도 찾아야 해

햇볕 내리쬐는 은총의 한 때
모든 아름다운 것들과 통하는 시간
나만의 비법으로 아슬아슬
파란 바다 위를 건네

새벽바람

산비탈 휘돌다 온 새벽녘 바람
열어젖힌 창가에 설핏 앉는다
실눈 뜬 얼굴 스치고
기지개켜는 손가락 사이로 빠져 나가네

누가 저 앞산의 나뭇잎을
너울너울 춤추게 하나
누가 저 나무 위에 올라앉아
쇄아쇄아 가지를 울게 하나
거침없이 이리저리 맴돌다 가는
너, 바람

창문 밖 동트는 하늘가
실바람에 커튼이 펄렁이고
텅 빈 놀이터엔
바람 태운 그네가 흔들거리네

밤 사이 바싹 마른 빨래 사이로
선선한 바람의 정갈한 내음
가슴속 파고드는 새벽바람
자글자글 내 마음 디디고 가네

감기

펄펄 열이 난다
머릿속을 휘젓고
온몸 돌아돌아
두 눈 속에 모여 있는 뜨거운 열감

짐짓 내버려 둔 미열이
스멀스멀 기어올라
보란 듯이
달뜬 숨소리 단내를 풍기네

내 안에 개켜둔 소망 한 가닥
콜록콜록 기침소리로 말하고 있네
부서진 마음 조각
달그락 달그락
짝을 맞추고

밤이 지나고
바람 부는 창밖을 내려다보네
가만가만
내 안의 나를 보네

힘겨우면 슬그머니 왔다 도망치는
정겨운 감기

괜찮아

한낮
창가에 앉아
사과 한 알 아삭 베어 물면
코앞에 힘든 세상 없어지는
새콤달콤한 순간

뱅글뱅글 거품 속 맴돌다
말간 물에 헹궈낸 젖은 수건
빨랫줄에 가지런히 누워
두 손 뻗쳐
파란 하늘과 하이파이브

보송보송 바람 냄새
빳빳하게 마른 자존심
괜찮아
다 괜찮아질 거야
내가 나에게
최면을 건다

산다는 건

침이 마르도록 조바심 내며
칠십을 살아 낸 아침
담장을 기어오르는 넝쿨장미꽃
가슴앓이 시작이다

틀리면 좀 어떤가
가끔씩 하늘도 올려다보며
풀리지 않은 문제 그대로 둬도
구름처럼 천천히 흩어지던 걸

대단한 인생살이
애달아 본들 그래
나사 하나 빼놓고 살아도
살아지더라

노을 지는 복지관 창문에 어룽지는 탱고 음악
외롭다고 웅얼대지만
뭐 다 괜찮아

빈 마음이 평안해

요가수련

들릴 듯 말 듯 음악 흐르고
가부좌 튼 무릎 위에 두 손을 얹어
엄지검지 동그랗게 말아 올린다

지그시 감은 눈은 코끝에 두고
들숨과 날숨에 집중해 가니
잘도 쉬던 숨쉬기 새삼 힘들다

발바닥 용천을 두드리고 어루만지며
온몸 슬쩍슬쩍 기를 깨우고
머리 양팔 가슴 다리 마음속까지
구석구석 내 몸뚱이 쓰다듬는다

메뚜기 자세로 하늘 힘껏 올려다보고
한 마리 고양이 되어 활처럼 등을 말고
높이 올린 두 다리 바들바들
엄마 뱃속 태아처럼 잔뜩 웅크렸다가
두 팔 벌려 누우면 온 세상이 다 열린다

안 들리던 음악 소리 깨어나고
내 몸은 날을 듯이 산들바람 분다

산길

마을 뒤 나지막한 산길이 좋아
바람 소리 뒤에 두고 혼자 걷는다
능선 따라 먼 산에 서 있는 나무
아침 안개 품에 안고 둥둥 떠 있다

이른 새벽 내린 비에 젖은 나뭇잎
폭신폭신 내 발걸음 가볍게 한다
진달래 꽃망울 터질 듯하고
봄을 여는 산길은 아직도 춥다

있는 듯 없는 듯 연둣빛 새싹
셀 수 없이 다박다박 박힌 가지에
꾹— 꾸욱 꾹— 꾸욱
산비둘기 운다

두 팔 벌려 하늘 향해 소리 지르며
온몸으로 뒷산길 휘젓고 오다
나를 보고 무안한 듯 헛기침하는
할아버지 두 볼이 차고 말갛다

아닌 걸 알아

죽었니 살았니
납작 엎딘 풀대궁

감쪽같이 눈에 안 보여도
여린 잎새
감추고 남몰래 웃지
너
거기 있는 줄 내 모를까 봐

연둣빛 혓바닥
쏘옥 내밀어
짙은 녹색 이파리 펼치고
여름 내 힘든 세상 휘저을 두 팔

얼어붙은 겨울
아무것도 없는 척 시침 떼지 마
보이는 게 다 아닌 걸 알아

어떤 랑데부

노랑나비 쫓아다니는
참새 한 마리
뱅글뱅글 돌다가
부리에 노랑 리본 꿰차고
빛의 속도로 솟아오른다

참새와 노랑나비

세상에서 가장 아픈
랑데부*

*랑데부: 특정한 시간과 장소가 정해진 밀회

나비잠

솜털 보송보송 날리는
아기 새 한 마리
정갈한 데크길 위에 나비잠* 자네

곱게 뜬 실눈
가만히 감겨주었지

풀은 마르고
꽃은 시든다는 것을
어느새
눈치챈 게지

*나비잠: 갓난아기가 두 팔을 머리 위로 올리고 자는 잠

올 테면 오라

하늘이 구멍 난 듯 장맛비 쏟아내고
개울물 휘몰아쳐 흐르고
습기 품은 풀숲엔
우쑥우쑥 풀 커나는 소리

개망초꽃
안개처럼 하얗게 들판을 덮고
회색 하늘 저 멀리
갈가마귀떼 목이 쉬도록
울어 젖히네

축축히 젖은 빈 의자
바싹 마를 때 기다리고
철 이른
고추잠자리 대여섯
머리 위를 돌고 있네

긴 장마 지나고
푹푹 삶는 불볕더위
아쉬울 것도 두려울 것도 없다
올 테면 오라

소리가 들려

소리가 들려
그칠 줄 모르는 저 빗소리
과속으로 달리는 자동차 소리
창문 닫아거는 소리
갈피 못 잡는 바람 소리
급한 발걸음 소리가 들려

내 거짓의 소리
잃어버린 것에 손 내미는 소리
싸맨 상처 화끈거리는 소리
움츠러든 몸 추스르는 소리가 들려

세찬 빗줄기 오롯이 맞고
길 위에 선 나무
꼭 꼭 옷깃 여미는
바스락 소리가 들려

깨어나는 소리
피어나는 소리
안 들리던

개울물 흐르는 소리
소리가 들려

끄읏

새초롬하다
뾰로통
눈 흘기다가
눈물 뚝뚝

어쩔 줄 몰라
진땀 졸졸
옛따 뽀뽀
끄~읏

그뿐이더라

모든 것이 변하더군
숨 막히던 열기도 사라지고
바람이 서늘해진 것 봐
기적 같기도 해

폭염 속에서 시퍼렇게 살아나서
바람 사나워도 끄떡없는 산
빗줄기 지나간 자리
맑게 갠 하늘 아래 더 푸르더라

나이 들어봐라
노여울 것도 용서하지 못할 일도 없더라
모두 한 품에 끌어안고
추적추적 빗길을 걸으며
붉게 물든 단풍 속으로 스며들면 그뿐

그뿐이더라

썸 타기

마음을 빼앗기기도 했어
열정으로 태워 보기도 했지
자작자작 타 버린 가슴
더는 흘릴 눈물이 없어
사랑은 서로 길들어져야 해
상처받을 용기가 없어

까딱
눈인사한 것이 화근이었어
어색함 속에 묘하게 웃었지
갈피 못 잡고 고개를 돌려
눈 오는 풍경을 봤지
설레임이 스물스물 기어오르더군

아픔 없이 오는 게 무엇 하나 있던가
그저 썸 타는 게 좋겠어
더 가까워지는 것은 딱 질색이야
내 마음 다치지 않게 막을 쳐야 해
문자도 전화도, 섭섭할 것도 아쉬울 것도 없어
가끔 눈 마주치면

싱끗
슬그머니 밀당을 즐기면 그뿐

뜨거운 태양 아래 쓸쓸함도
오롯이 나의 몫이지

— 자작나무 숲으로 —

제 3 부

달맞이꽃

달밤/ 벚꽃은 피고/ 사월의 풍경
달맞이꽃/ 안산 자락길/ 민들레/ 유월/ 느티나무
개망초 꽃밭/ 호랑지빠귀/ 능소화/ 수국
오월의 바람/ 누리달 유월/ 가을 산길

달밤

곤한 잠결
기척도 없이
방안 가득 들어온
푸른 달빛

멀리 소쩍새 우는 소리
나뭇가지에 걸려 있고
풀빛 작은 섬
강물 위에 떠 있네

보는 사람 없이
혼자 빛나는 달
창가에 서성이는데

아—
초여름 화사한 밤
저만치 지네

벚꽃은 피고

그렇게
벚꽃은 피고

숨 막히는 꽃무더기
가지 끝에 흔들리는 바람
꽃잎 하나하나 흩뿌려놓아
눈부신 세상 되었네

어김없이
봄은
가고 오고
잎새마다 꽃잎마다 입맞춤하네

하얗게 피어난 벚꽃
봄 햇살 따스해
저 멀리
멧새 한 마리 쪼로롱 날아가네

사월의 풍경

목련에 마음을 빼앗겼다

마른 나뭇가지에
말간 젖빛 몽우리 흔들거린다

햇살은 정답고
하늘 올려다보는
순한 눈빛
겹겹이 싸인 꽃잎 열어젖히고
숨 막히도록 화사한 불 밝힌다

하늘에 순백의 면사포 펼쳐 놓았다

목련의 칸타타*는 여기까지
찬란한 꽃송이
후드득 떨어뜨린다

가슴 한 켠에
서글픈 째즈 선율 흐른다

*칸타타: 17세기 바로크시대의 독창 중창 합창으로 이루어진 성악곡

달맞이꽃

연하디 연한 순
상처난 자리
돌아보면 그 또한 기쁨인 것을
그 때는 알지 못 했네

살아 보니
사랑만큼 좋은 건 없었건만
고통인 줄 알았다네

가뭇가뭇 스러지는 기억 저 편
텅 빈 언덕
달맞이꽃은 피어나고
너의 두 눈 속에
해맑게 웃는 나를 보았네

마주하던 가슴
달은 저 편으로 지고
연노랑 달맞이꽃
하릴없이 피네

안산(鞍山) 자락길

초록을 몰고 온 바람
인왕산 나무초리* 흔들어놓고
가지마다 물을 끌어 올린다

꽃잎 흩날리던 날이 있기는 했을까
정갈한 데크 길가엔
키 높은 메타세콰이아
쉬다 말다 오는 비와
손을 잡는다

오월의 산책길
샛노란 꽃길
황매화 애기똥풀 시절이다

내 마음도
한 줄의 시가 되어
자락길을 밟는다

*나무초리: 나뭇가지의 가느다란 부분

민들레

많은 사람에게 짓밟혔을라
길가 보도블럭에 끼어
땅바닥에 납작 엎디었네

흠뻑 내린 이슬
끈적이는 젖 먹여 피워 낸
꽃대 끝 노란 꽃송이

하얀 솜털 뒤집어쓴 민들레 꽃씨
길게 뻗어 올려 날개 매달아 놓고
꽃 진 자리마다
작은 지구 하나씩 머리에 이고 있네

동그라미 속 신비한 씨앗
온몸 바람에 맡기고
초록빛 오월 속으로
힘차게 날아오르네

유월

한 해를 반으로 접어
따가운 햇빛 쏟아붓는 유월
온통
초록 벌판

조바심하며
붙들어 맨 것 많아
나사 하나 빠진 채로 살아가는
나만의 세상
그렇게 가는 세월이더라

넋이 빠질 듯 힘들었던 시간
그냥
살아지던 걸
올해도 유월
소나기처럼 가네

느티나무

폭풍이면 폭풍
뙤약볕이면 뙤약볕
무성한 잎으로
버티고 서 있지

바람 불면
바람과 흔들리고
눈 오면 눈 오는 대로
이파리 다 떨어져도
의연하게
황량한 들판 지키고 있지

아무도 모르게
바짝바짝 침이 마르고
조바심치며
앞만 보고 산 거 알아
울음 삼키고 살아낸 거 알아
나무야
느티나무야

개망초 꽃밭

여름날의 넉넉함
무서운 소나기 맞고
땡볕에 피는 꽃

개망초라 했다지만
꽃인 척하라
촘촘히 박힌 노란 톱니 잎
흰 꽃잎 에워싸여
에그 프라이 꽃이라네

산과 들에
어우러져 흔들리는 들꽃
지천으로 피어나는
아름다운 꽃밭

호랑지빠귀

휘이
피이
가늘고 처연한 소리
휘파람인가
영혼의 울음인가

울었다 그쳤다
호랑지빠귀
밤을 새워 서럽게 우네

억장이 무너지면
머리에 꽃 달고 뛰어 나가렴
울어서 될 일이면
석 달 열흘 통곡하던가

봄은 가고
빈 가슴에 초여름 오네

능소화

담장 너머 세상 그리워
목을 늘인 가지마다
꽃망울 줄줄이 피어나고

혹독한 더위
쏟아지는 장대비 속
주황색 얼굴 더욱 붉히네

하고 싶은 말 다 못하고
하늘 향해
소리 없는
나팔 불어대더니

능소화 미련 없이
툭—
어여쁜 모습
맨땅에 떨어지네

수국

자고 새면 연보라
뒤돌아서면
하양 파랑 연분홍
한 나무에서 피어난 파스텔톤 꽃
내 마음 다 빼앗아가네

저리 많은 꽃 대궁
작은 꽃잎 한껏 피어나
커다란 동그라미 수없이 달아놓고
연달아 벙싯거리며
이렇저렁 흔들리네

바람 부는 날
가슴으로 들어온
눈부신 수국 꽃
먼 기억 하나
아릿하게 만지고 가네

오월의 바람

담장 너머 넝쿨장미 향기
길가에 서성이다
마음속 뜰에 머무네

보라색 붓꽃
한 겹 한 겹 벗겨지는 꽃봉오리
못 다한 이야기 쓰며
마냥 눈 감고 있네

그 많은 초록 이파리
오월의 푸른 바람
산등성마다 남실거리며
서로 얼싸안고 노래하네

제 흥에 겨워 춤추다
뒤도 안 보고 가는 그대
뻐꾹뻐꾹
한낮에 뻐꾸기 울음만 남겨 두었네

누리달 유월

푸르지 않은 나무가 없네
창으로 넘나드는
시원한 바람
온몸을 부둥켜 안네

새소리 가득한 창밖
밤새 오던 비는 멈추고
줄지어 달리는 오토바이 소리
내 마음 덩달아 들뜨게 하네

파란 잎새 돋아난 텃밭
상추 고추는 꽃처럼 빛나고
멀리 안개를 뒤집어쓴 산허리에
유월의 아침이 오네

오늘을 살리라
쉴 새 없이 춤추는
나뭇잎 파도 위에
당당히 올라서서
꿈꾸듯 유월을 누리리라

가을 산길

떡갈나무 잎새
사그락 사그락 흔들리고
동그란 도토리 밟히는
산길을 혼자 건네

후두둑
산 밤 줍는 기쁨
수북히 쌓인 밤송이
다람쥐 청설모 웃음 보이네

여름 이겨낸 알밤
가을 속으로
툭 툭
떨어지는 산길

따가움 가신 햇살 아래
가랑잎 바람에 날리는데
너를 놓지 못하는
애틋한 마음
온 산에 뿌리며 건네

제 4 부

너만 생각하면

눈맞춤

이제부터 시작이다

섬광처럼 반짝 내게로 온 너
가슴은 뛰고 볼 일이다
짙푸른 물결인가
하늘로 쭉 뻗어 올린 순백의 자작나무숲인가
꽃빛 실타래 뒤엉킴을 따라
네게로 간다 느리고도 낮게

눈빛은 맑고 고요해
흠뻑 빠져들어 간 떨리는 두 손
너의 어깨를 만지작거리며
들판 지나 높고 긴 다리를 건너
초록 숲 싱그러운 공기를 들이마신다

내 안에 흐르는 벅찬 파도를 어찌할 거나
노을은 붉은 물결 속에 아른거리고
꽃은 풀숲에서 흔들리고 있는데
너를 가득 안고도 서럽다

나를 달뜨게 하는 밤이 셀 수 없이 지나
어쩌다 내게로 온
시(詩)와의 눈 맞춤

옹알이 시작이다

즐겨야 하리

벽 앞에 서 있는 너
순순히
어둠의 문턱으로 들어서면 안 돼

연분홍색 메꽃도
억새풀 감아 오르며
대찬 바람 속에서
당당하게 피어나잖아

참고 견디는 자만이
이길 수 있어
불볕더위면 불볕 그대로
오늘을 즐겨야 하리

풀숲은 온종일 술렁거리고
몇날며칠 쏟아지는 억수비
갈 것 같지 않던 여름은 가고
어느새 머리 위엔 가을 하늘 반기더라

시 한 편

나태주 시집을 읽고
또 읽고
인터넷을 뒤적거리고
메모장을 넘기며
쓰고 또 지우고

새벽예배 드리며
나도 모르게
시 좀 생각나게 해 주세요
슬그머니 뜨거워지는 볼
눈을 감는다

내 바람까지 들어 주려나
어이없는 간절함에
하나님도 한바탕 웃으시리

이것도 시다

시 한 편
술 술 써내려 간다
뭔 일이라니

까르페 디엠

추운 밤 휘몰아치는 바람 속
뒤뚱대며 얼음길 걷는
맨발의 오리가족
어미 목소리 따라
쉴 곳 찾아 헤매더라

꽁꽁 얼어붙은 탄천
봄눈 녹아내리고
내닫던 물줄기 바위에 부딪혀
빙글빙글
에돌다 흐르더라

오늘을 잡아라
까르페 디엠
빗방울 촉촉 입춘(立春)이라네
봄은 저만치 당당히 서서
어김없이 복수초 할미꽃 피우더라

깜깜한 하늘에도
노란 달은 구름 속에 빛나고

뜰 것 같지 않던 붉은 해 동녘에 솟아
맑은 아침 오늘도 내게 오리라
오늘을 즐겨라
까르페 디엠

*까르페 디엠(Carpe Diem): 호라티우스의 라틴어 시의 한 구절. '오늘을 즐겨라'

알기나 할까

하루에 두 번씩 오가는 골목길
정육점도 안 되고 제빵집도 없어진 가게 터에
세탁소 하나 떡하니 버티고 있네

치익치익 떨그덕
무거운 다리미 들었다 놨다
오늘은 일감이 있기는 한가 보네
슬그머니 안심되는 알 수 없는 내 마음

꼬질꼬질 오토바이 손잡이 위에
정갈하게 다림질한 잠바 하나
싸늘한 바람에 날려
배달을 기다리며
작은 꿈 조각 대롱대롱 매달려 있네

오만 상념 오가는 의자 끝에 앉은
스산한 저 젊은이 얼굴
문 닫을까 걱정되는 내 마음
알기나 할까

정작
내가 누군지 알지도 못하는데

공곶이 친구들

치매 1단계다

여보세요 콜택시죠
거제 대명콘도 앞으로 와주세요
어디 가시는데요
아 갑자기 생각 안 나네요

세 글자인데
'공' 자가 들어가는데요
'공 공 공 공…'
옆에 있던 친구가 냉큼
'고' 자도 들어가요
'아, 예 공곶이네요'
'공곶이 갑시다'

단어가 생각 안 나도 좋다
쌀쌀맞은 가을 공기도 좋다
거제 8경 구경 다닐 수 있어서 좋다
같이 늙어 가고
여행할 수 있는

곰삭은 친구가 있어 좋다

그런데 눈물이 난다

동네 찻집의 여름

말복
111년 만의 역대급 더위
창밖의 기온 39.6도
우리 집 방안 온도 34.2도
폭염의 연속

독한 더위에 정신줄 놓을세라
시집 한 권 들고
동네 커피숍으로 피난 간다
얼음 동동 아메리카노 한 잔
입맛이 꿈틀댄다
몸도 마음도
에어컨 앞에서 오소소 소름을 즐긴다

조용한 커피집
별안간 와글와글
동네 낯익은 아저씨들
목소리를 낮춘다
"저녁 뭐 먹을래"
"보신탕 먹으러 갈까"

모두들 고개 돌려 여름날의 창밖을 본다

내 안의 거인

내 안에 거인이 산다네
시를 향한 솟구치는 열정
불끈 주먹 쥐고 웅크리고 있다가
마음 품어 안은 시 쓸 수 있을 거야

오늘은
잠들어 있는 쉬시는지
일어날 기미를 보이지 않네
선불리 흔들다 아주 멀리 튀어
보이지 않는 곳으로 달아날지도 몰라

아—
거기 있을까
흔적도 없이 사라져 버린 건 아닐까
내 안에 있는 거인 잘 계신가요

가끔은 땡볕에 앉아
남은 책장 넘기며
엽서 한 장 훑어보는 거야
십리 길도 백리 길도 달려 갈 수 있는
내 안의 거인이여

너만 생각하면

알 수 없는 너를 붙들고
세상이 다 내 것이나 된 듯
고꾸라지고 엎어지며 네게로 갔지

넌 매몰차게 쳐다만 보더라

코로나19로 지구는 몸살을 앓고
연분홍 꽃잎은 하늘을 휘돈다

눈에 보일 듯
손에 잡힐 듯
함께이고 싶은 마음은 굴뚝같은데
흔적 없이 사라지는 너

보이는 것은 온통 잿빛
서글픔은 빗줄기처럼 내리고
두 손 모아 울기라도 할 걸 그랬어

시(詩)
너만 생각하면

자다가도 가슴은 쿵쾅대는데
엉켜있는 우주 속에서 제자리만 오간다

마스크 풀어 젖히는 순간
붉은 꽃잎으로 피어나려나

봄날 해질 무렵

봄날 해질 무렵 한강다리
주황색 걸린 해
온 힘 다해
붉은 노을 내뿜고 있다

흔들흔들 회색빛 다리 그림자
소리 없는 강물 끌어안고
어스름 속으로 숨어버린다

조용히 강물은 흐르고
한가로이 오가는 유람선
봄나들이 아기 어르는 소리
세상 시름 다 잊으라는 소리

빨, 주, 노, 초.
엉킨 불빛은
강물 위에 긴 줄 그어놓고
휘적휘적 몸 흔들며 춤추고 있다

해가 지는 봄날은 아직도 머뭇거리고
금빛 강물 쉼 없이 흐르고 있네

아버지를 불러 보네요

문득 아버지를 불러 보네요
아버지, 아버지
이제는 마음속에서나 맴도는 말
오래 전
들꽃 흐드러진 이천 호국원에 모신
칠순이 지난 딸의 아버지

지난 여름
뜨겁던 열꽃은 지고
쌀쌀맞은 새벽바람 스산히 불어
허허로운 산자락 높아만 가니
또 한 번 아버지를 불러 보네요

첫 손녀와 맨 처음 눈 마주치던 날
분홍빛 여린 볼에 입 맞추며
어허허 어허허 웃으시던
잔주름 가득한 얼굴이 보이네요

문득
아버지가 그리운 날이네요

이제는

뭐라도 잘라내야겠어
내 안을 쓰다듬으며
속살을 채워야 해

천 갈래 만 갈래 찢겨
정수리에 떨어지는 물줄기
그악스럽게 움켜쥔 손
이제는 놓아버리고 싶어

조바심치는 마음
바람에 날리고
다시 한 번 넘어가 보자

들판은 벌써
찔레꽃 하얗게 피워낸
숨 막히는 오월이잖아

한 순간

아무래도 행복은
잠깐 사이 지나가는
한 순간
찰나를 붙잡을 때가 행복이다

젖 빨기 힘들다고
우는 첫 딸내미 촉촉한 이마
무심히 보이는 앞산의 능선, 스키장 불빛
새벽을 여는 붉은 하늘
영혼의 발자국 찍힌 눈 쌓인 교회 앞마당
세상을 배달하는 조간신문 냄새
좋은 시 한 편 보내주는 친구의 카톡
가슴을 쓸어내리는 월남 쌀국수 한 그릇
유리창에 눈발 날려 난분분하고
보헤미안 랩소디 쾅쾅 울리면

깍깍 까마귀 우는 밤조차
불현듯 네 생각으로
수없이 왔다 떠나는
행복한 시간

그 한 순간으로 세상을 이겨낸다

바람아 불어라

주먹만 한 먼지라면 들어올 생각도 못 했겠지
마이크로미터 초미세먼지
막힘없이 숭숭 무사통과
앞산의 능선 위로 곧게 뻗은 아파트에 올라
희미한 햇빛 속에 버티며 머물고 있다
침묵의 살인자
미세먼지가 장악한 세상

낭만 가득한 안개 낀 풍경으로 보일 건 뭐람

빛나던 청춘을 들락날락
단장을 끊어내던
내 미세미세한 어린 치기들
폭풍 몰아치는 빗속을 지나고서야
온전히 정화되었다

대지를 뒤흔들고
검은 구름 휩쓸어 갈
세찬 바람아 불어라

아레카야자* 길다란 잎사귀
수염 틸란드시아** 흔들거리며
시원한 바람 넘쳐나리라

*아레카야자: NASA가 발표한 공기정화식물 1위
**수염 틸란드시아: 미세먼지 먹는 공기정화식물

나이스 밋츄 미스터 프레지던트

세기의 담판장 카펠라 호텔
별이 촘촘한 성조기
붉은 별 하나 인공기
깃발 사이에 바람 한 점 일어난다

숨 막히는 순간
붉은 카펫 포토타임
검은 인민복 긴장된 체어맨
입을 꾹 다문 빨간 넥타이 트럼프
세기의 악수 12초 아이스 브레이크
나이스 밋츄 미스터 프레지던트

"발목 잡았던 지난날 관행이 눈과 귀를 가렸어요
모든 것을 이겨내고 이 자리까지 왔습네다
여기까지 오는 길 쉬운 길은 아니었지요"*

악수 뒤에 트럼프 엄지 척
세계의 눈과 귀 활짝 열려 있으니
한 치의 거짓도 없어야 하리

핵 단추 거머쥔
리틀 로켓 맨
괌 폭격 으름장
미제 늙다리 미치광이
모두 바람에 실려 날아갔으면

통일의 맞바람 힘차게 불어라
나이스 밋츄 미스터 프레지던트

*2018.6.12. 북미정상회담 '김정은의 발언'

— 자작나무 숲으로 —

제5부

탄천을 걷다

돌섬

바다 위로 솟아난
커다란 바윗덩이
바람벽을 마주하며
작은 섬이 되었나

진종일 갈매기 울음 토하는데
시퍼런 파도 위에
허연 물거품 베어 물고
말없이 그 자리 지키고 있네

그리움 안고 피어나는 해당화
바다 향기 뿜어내고
늙은 소나무 하나 걸터앉은
돌섬으로 남았네

텃밭에서

뒤돌아서면 돋아나는
극성스런 잡초
신통방통
새록새록 살쪄가는
오이, 가지, 토마토

윤기 자르르
통통한 아욱
구수한 보리새우 된장국
입 안 가득
쌉싸름한 쑥갓, 상추쌈
청양고추 잘게 썬 매콤한 밥상

여름을 알리는 훈훈한 바람
유월의 향기 속
뻐꾸기 봄 소리
작은 텃밭 위에 메아리치네

빨간 구두 놓여 있다

추운 겨울 묵묵히 견뎌낸 산자락
촉촉하게 봄비에 젖고
이름 모를 밤새들 울어
문밖은
아직도 회색 바람이 서성인다

제 몸에
얼음꽃 매달고 살던 나뭇가지는
밀어 올린
분홍빛 꽃망울로 자욱하다

봉긋해진 몽오리마다
하얀 꽃잎 벌어지고
양지바른 언덕에
꽃그늘 길게 누워 봄에게 말을 건다

오지 않는 문자 기다리는 건
이제 그만
핸드폰 놓아버리고 돌아보니
뜰아래 빨간 구두 오도카니 나를 본다

누가
향수병 던졌나
매화꽃 자지러지며 핀다

그런 것

갓 피어나도 좋고
아직 피어나지 못한 꽃잎도 아름다운
그런 것

배시시 웃는 아기 배냇짓도 가슴 벅차고
주저앉아 소리쳐 우는 아이도
못내 사랑스러운
그런 것

왜 그러냐고 묻지 마소
개울물 소리 나뭇잎 부딪는 소리
들리는 대로 내버려 두소
그 소리가 나이고
네가 그 소리일 때
하나 되는
그런 것

날 좀 보소 날 좀 보소 말하지 마소
내 몸 안에 있는
가시 같은 상처도 나인

그런 것

돌아보는 것
침묵하는 것
마침내 내 안에 너를 만나는 사랑
그런 것

모를 일이다

노을 잠긴 물빛 공원 호수 고요하다

오리 가족 뒤쫓는
길게 펼쳐진 부챗살
아차 하는 순간
간데없이 사라지고
동심원만 일렁인다

힘겨운 발길질 수도 없으리
숨이 콱콱 막히다가도
죽을힘을 다해
솟구쳐 오르리니

저 멀리 한 폭의 그림
아무 일 없다는 듯
붉은 노을 즐기며 떠다닌다

사람 사는 일도 그와 같으리
밖으로 보이는 평온한 모습
그 속내는 누구도 모를 일이다

직거래 장터

바글바글
쿵작쿵작 노랫가락
손님 부르는 고함 소리 정겨워

늘어선 긴 줄 뒤 서성이다가
햅쌀 한 봉지 공짜로 받는
풍성한 장터

후쿠시마 원전 밸브는 여전히 열려 있고
새하얀 동태포
연어의 연분홍살 빛나지만
살까말까 망설이다
발길 돌리네

올해 추석 상엔
아예
동태전이 없을라

그래도
직거래 장터는 와글와글

눈부신 가을

푸르던 날 오롯이 보낸 산
오색잎 온 산에 뿌려놓고
화려한 자태 뽐어내는 단풍든 것 좀 봐
곱지 않은 산이 없다

비바람에 휘둘리고
폭염 이겨낸 가을 한낮
아~
단풍 진 세상

분분히 하늘에 흩어지는 이파리
오색 빛깔 어여쁜 단풍 비
바람 따라 춤추며
꽃눈 되어 우수수 쏟아진다

붉게 물들어가는 내 마음
너와 함께 내려앉고 싶다

눈부신 가을이다

소확행

보라색 털장화 신은 할머니
돌다리 건너다 말고
살얼음판 냇물 속을 걷는다

물은 이렇게 찬데
어이쿠 털장화 속으로 물도 안 들어오네
발도 안 시려

할머니 등에 업힌
가무잡잡한 손주 하는 말
아빠 내 털장화 비~싸지요

파키스탄 아빠 뒤돌아서서
말없이 눈 맞추며 웃는다

축복처럼
눈송이 하나 둘 내리고
소소하지만 확실한 행복
소확행* 시작이다

*소확행: 작지만 확실한 행복의 줄인 말

어비리 동도사

물고기 살찐다는 어비(魚肥) 저수지
먼 산 겹겹이 포개져
호수 맴돌고
수몰된 어비울마을 기리는
영세불망비 혼자 서 있다

임진왜란 때 불타 버린 금단사
석불좌상 모셔놓은 동리 사찰
차장업(車莊業)거사 동도사로 이름하니
신라 삼층탑 스치는 햇살 말갛고
실바람에 춤추는 연등이 곱다

금당 앞 석조 용왕상 내뿜는 약수
찾는 사람 목마름 풀어주고
서녘 하늘 토해 놓는 붉은 해
물속 타오르는 어비낙조(魚肥落照)
동도사 풍경소리도 정겹다

비파담 만풍(晩風)

맑은 공기 가득한 정광산 자락
약천 남구만(南九萬) 선생 낙향한 갈담마을
정자 짓고 비파 타며 경치 즐기고
비파담(琵琶潭)이라 이름했다지

갈담리 서쪽 계명산 지나
굽이쳐 흐르던 시냇물에
아른대는 그림자
물오리 한가로이 놀았다는데
정자는 간데없고
저만치 백로 한 마리 외다리로 서 있네

저녁나절 늦바람 만풍 잦아들고
건너편 정갈한 고택 한 채
'동창이 밝았느냐'
약천의 시조 가락 맴돌고 있다네

석성산에 올라

용인 멱조현 고개 석성산
햇빛 가리개 양산 닮아 보개산이라 했다지
사람들 발걸음 드문드문
뜨거운 햇살만 가득하네

옛부터 물푸레나무 무성하고
물이 많이 흐른다 하여
청덕리 물푸레골이라 부른다네
가뭄때 기우제 지내던 터만 남아
고압선 철탑 아래 칡넝쿨만 무성하구나

마고선녀 할미는 능선 따라
하룻밤에 성을 쌓고
신라땅 고스란히 지켜냈는데
큰 바윗돌 여럿, 흔적만 남고
싱그러운 나뭇잎 향기 등성을 감도네

소나무 숲지나 참나무 옹기종기
부아산과 광교산 더불어
용인 3대 명산이라 이르니
눈이 부시네, 다시 보는 오름길

문수산 법륜사

문수산 품에 안긴 고요한 비구니 가람
보라와 초록의 절묘한 단청
바래지 않은 화려한 색깔 눈부시고
마주치는 부처님 눈길 그윽하다

봄 햇살 반짝이는 부처님 얼굴
꽁꽁 언 연못 위로 부는 바람
스님들의 티 없이 맑은 그림자
널따란 마당에 가득하네

청룡이 하늘로 솟아
푸른 물 뿜어낸 용수각 샘물
근심걱정 한 모금 덜어내고
은은한 범종소리에
열반으로 들어가는 문이 열리네

와우정사에서

연화산자락 소가 누운 자리
살포시 연잎에 팔 얹어 놓고
실눈 뜬 와불 열반에 들었네

세상 시름 내려놓은 부처님 얼굴
황금빛 미소로 세상 밝히고

푸른 산 휘도는 소슬한 바람
쌓아 올린 소원 돌탑을 돌고
드맑은 독경소리 귀를 적시네

탄천을 걷다

잉어떼 한가히 노닐고
오리가 짝지어 머무는 탄천
삼천갑자 동방삭이 살았다는데
숯 씻던 그 자리는 어디쯤일까

머릿결 스쳐가는 달콤한 바람
벚꽃 흐드러진 가지 끝 앉아
꽃잎 흔들어 입맞춤하고
빌딩 사이로 내려온 달빛
가던 길 멈춰 서서 뒤돌아보네

초저녁 매달고 달리는 자전거
강아지도 좋아라 따라나서고
하루치 바람에 무지개 날리는
동방삭이 앉았던 숯내, 탄천을 걷네

두타연에서

금강산 가는 길목
평화누리길
천 년 전 두타사는 간데없고
바위틈 헤집고 내려온
금강산 물줄기
두타연 맑은 연못에 몸을 담그네

한반도 지형 모습으로 흐르는 폭포
포탄 껍질 녹슨 철모 뒹굴고
피의 격전지 펀치볼 분지
제4땅굴 들어가는 길
가슴이 서늘한데

짙푸른 나무 빽빽한 산봉우리
피 흘린 영혼 잠들고
보라색 벌개미취는
저 혼자 빛을 뿜고 있네

비무장지대
지뢰밭 사이로 솔솔 부는

솔바람 남북 넘나드니
금강산 오르는 길 쉬이 이어지려나

| 작품해설 |

시를 향한 믿음과 사랑의 열매

— 이경숙 시인의 첫시집 《자작나무 숲으로》의 시 세계

김 태 호 (시인)

1.

이경숙 시인은 2013년에 계간 『한국현대시문학』으로 등단하여 매우 신중하게 시를 써 왔으며 이번에 내어놓는 《자작나무 숲으로》는 그의 첫시집이 되는 셈이다.

일찍이 그는 40년이라는 긴 시간 교육공무원으로서 일선 학교에서 교편생활을 하였고, 여고시절에는 학교도서관의 사서도우미 활동을 하면서 많은 책을 읽고 시도 접한 경험이 있는지라 시의 문외한은 아니었다 할 것이다. 그러나 뒤늦게 시인으로의 등단절차를 밟으면서 성실한 글쓰기에 매달려 주옥같은 시를 생산하는 데 쉬임없이 달려왔으며 그 결과 오늘의 기쁨을 맞게 된 것이라 하겠다.

이 시집에서는 모두 75편의 시를 편의상 5부로 나눈 것으로 보이며 여기서는 독자의 이해를 돕고자 주제별로 두 편씩 가려 해설을 덧붙이고자 한다.

먼저 제1부를 보면 대부분 시인이 일상에서 겪었던 일들에서 우러난 경험이나 사고(思考)의 세계를 읊은 작품으로서 그 중 〈혼자 우는 카톡〉과 〈살아보니 그래〉 두 편을 소개하고자 한다.

바람은 저 혼자
창문 흔들고
잠 못 드는 밤
맴돌다 가네

손 내밀어도
뼛속 깊이 닿을 수 없어
조바심치며 서성이고
터질 것 같은 머리에
숯불 얹고 사는 여름

온종일
움켜쥔 핸드폰
카톡도 외로워서
한밤중에 까똑까똑 혼자서 우네

-〈혼자 우는 카톡〉 전문

하루 일을 마치고 곤히 잠들어야 할 시간, 시인은 잠자리에 들어서도 이리 뒤척 저리 뒤척 잠을 청해 숨소리를 죽이고 있다. 이때 머리말에서는 창문을 흔들다 돌아가는 바람소리가 들리고 어둠에 싸인 바깥은 쥐죽은 듯 고요하다. 특히나 무더운 여름밤에는 머리에 숯불을 얹어 놓은 것 같은 열감으로 잠을 이루지 못하는데 지난 날 아쉬웠던 일들이 머릿속을 맴돌며 가슴을 짓누르기도 한다.

그런데 웬일인가. 저만치 발치에 놓인 핸드폰이 '까똑… 까똑' 소리 내어 울리고 있으니 무슨 조화인가. 이 또한 나의 처지와 별반 다르지 않다는 생각과 더불어 외로움을 하소연하는 슬픈 노래로 느껴짐에 한 편의 시가 탄생한 것이라 하겠다.

애달파하며 살았어
모든 게 잠깐이더군
힘들면 힘든 대로
살아지더라
키 큰 소나무가 아니면 어때

풀숲에 하얗게 피는
찔레꽃으로 사는 것도 좋아
유월바람에 흔들리며 사는 거야

기쁨은 순식간에 사라지더군
즐거웠다면 됐어
웃음도 눈물도 섞여야 제맛이지

살아보니 다 부질없더라

졸졸졸 물 흐르듯
내 안에 사랑 하나 익혀가며
철 지난 밤송이로 살아가면
어쩔 거야

살아보니 그래

–〈살아보니 그래〉 전문

때 아닌 전쟁을 겪고 갖가지 사회갈등과 질병 속에서 흔히들 현대인의 삶이 고달프다고 한다. 특히 나이가 든 중노년층에서는 이를 피부로 느끼며 한숨 섞인 탄식을 내뱉는 일이 부지기수일 것이다.

그러나 시인은 이를 긍정적으로 받아들이며 자조 섞인 웃음으로 독자들의 동의를 구하고 있다고 해야 할 것이다. 졸졸졸 물 흐르듯 철지난 밤송이로 살아왔어도 특별히 문제될 것이 없지 않느냐는 반어적(反語的) 수사를 구사하며 읽는 이로 하여금 고개를 끄덕이게 만드는 가편(佳篇)이라 하겠다.

시집 제 2부에서는 하루하루 바쁘게 살아가는 현대인들에게는 누구나 겪는 일이지만 예고 없이 찾아오는 낯선 손님 즉, 건강의 적신호에 맞닥뜨리는 경우가 많다.

이경숙 시인은 체력을 관리하고 건강한 심신을 유지하기 위해 요가수련도 하고 등산도 하지만 찬바람 부는 겨울철엔 감기를 앓기도 하고 어쩌다 치매로 느껴지는 부질

없는 걱정에 시달리는 경우도 있게 마련이다. 그러나 시인은 이 모든 근심의 원인을 일찌감치 따돌리며 '괜찮아 괜찮아' 를 연발하며 창문 밖에 나부끼는 빳빳한 빨래에 눈길을 주기도 하고 뾰로통해진 자신의 모습에 '끄-읏' 하고 입맞춤하며 나비잠을 자는 아기새의 모습으로 생활의 활력을 되찾는 데 익숙해 있음을 엿볼 수 있다.

여기서는 일맥상통하는 시 두 편을 감상해 보기로 한다.

끝이 보이지 않는 까마득한 계단
숨 가쁘게 오르는 꿈
깨어나고 싶더라

허리가 아프고
다리 저리고
행동반경이 줄어들고
침대 둘레만 오가는 시간
언제쯤 저 넓은 거실 걸어볼 수 있을까

진통제, 우울증 약 삼키고서야
찾아온 평온
나의 깊숙한 곳에서의 귀엣말
작은 일탈이라도 찾아야 해

햇볕 내리쬐는 은총의 한 때
모든 아름다운 것들과 통하는 시간

나만의 비법으로 아슬아슬
파란 바다 위를 걷네

－〈바다 위를 걷네〉 전문

허리가 아프고 다리가 저리고, 쳇바퀴처럼 돌아가는 고단한 직장생활에서 겪는 건강상의 이상을 일시적인 진통제나 약으로 처방하고 다스리기보다 이러할 때 시인은 오히려 자유롭게 햇볕을 쬘 수 있는 은총의 때로 알고 혼자만의 비밀스런 '일탈' 의 시간을 갖는 방책을 강구하여 넓고 푸른 바다 위를 걷는 정신적 수련법을 찾아낸 것이 아닐까 여기며 지극히 색다른 혼자만의 비밀스런 건강 유지법이 될 수도 있겠구나 하는 생각이 든다.

소리가 들려
그칠 줄 모르는 저 빗소리
과속으로 달리는 자동차 소리
창문 닫아거는 소리
갈피 못 잡는 바람 소리
급한 발걸음 소리가 들려

내 거짓의 소리
잃어버린 것에 손 내미는 소리
싸맨 상처 화끈거리는 소리
움츠러든 몸 추스르는 소리가 들려

세찬 빗줄기 오롯이 맞고
길 위에 선 나무
꼭 꼭 옷깃 여미는
바스락 소리가 들려

깨어나는 소리
피어나는 소리
안 들리던
개울물 흐르는 소리
소리가 들려

– 〈소리가 들려〉 전문

이 시는 시인의 등단 작품 중 하나이기도 하다. 당시에 등단 심사를 한 홍윤기 박사는 이경숙 시인이 공감각적 이미지를 매우 능란하게 처리하였으며 "내 거짓의 소리/ 잃어버린 것에 손 내미는 소리/ 싸맨 상처 화끈거리는 소리/ 움츠러든 몸 추스르는 소리가 들려"라고 한 것은 빼어난 메타포라며 칭찬한 바 있다.

이러한 소리들은 결국 우리가 일상으로 들을 수 있는 빗소리, 바람소리, 자동차소리, 창문 닫아거는 소리, 사람들의 발걸음 소리로 이어지며 더 나아가 길가에서 오롯이 비를 맞고 선 채 옷깃을 여미는 나무의 몸짓소리로까지 발전함으로써 시인이 힘주어 외치고자 하는 궁극의 목표에 이르게 되는 것이니 점층법을 구사한 시인의 감성이 뛰어나다 할 것이다.

또한 이러한 모든 소리는 마지막 연에서 깨어나고 피어나는 소리로 아우러져 독자들이 시인의 숨은 의도를 간파할 수 있게 하였으니 소리를 주제로 한 뛰어난 작품이라 하겠다.

2.

중국 당나라 때의 시인 백거이(白居易)는 말했다. 시는 정(情)을 뿌리로 하고, 말을 싹으로 하며, 소리를 꽃으로, 의미를 열매로 하는 것이라고. 식물을 기르는 목적이 열매에 달렸다면 당연히 뿌리에서부터 튼실함이 있어야 할 것이 아니겠는가. 뿌리가 튼튼하면 좋은 싹을 틔울 것이고, 대차게 자라난 싹은 분명히 아름다운 꽃을 피울 것이며, 꽃이 아름다워야 벌 나비를 불러 모아 종내에는 크고 탐스런 열매를 선사하게 되는 것이니 세상 이치가 다 시에 녹아 있다고 할 것이며, 이중 어느 하나라도 소홀히 할 수 없는 것들이라 하겠다.

시인의 시 가운데 〈달맞이꽃〉과 〈능소화〉 두 편의 시를 만나보기로 한다.

연하디 연한 순
상처난 자리
돌아보면 그 또한 기쁨인 것을
그 때는 알지 못 했네

살아 보니

사랑만큼 좋은 건 없었건만
고통인 줄 알았다네

가뭇가뭇 스러지는 기억 저 편
텅 빈 언덕
달맞이꽃은 피어나고
너의 두 눈 속에
해맑게 웃는 나를 보았네

마주하던 가슴
달은 저 편으로 지고
연노랑 달맞이꽃
하릴없이 피네

－〈달맞이꽃〉 전문

달맞이꽃은 저녁나절 달이 뜰 무렵에 피었다가 아침 해가 떠오르면 꽃잎을 오므라트리는 습성을 갖고 있어 그 이름을 달을 마중하는 꽃이라 하였거니와 많은 사람들이 귀하고 사랑스런 꽃으로 여기고 있다. 그러나 낮에 활동하는 사람들은 특별히 관심을 가지고 찾지 않으면 잘 볼 수 없는 꽃이기도 하다.

이경숙 시인은 우연히 달맞이꽃을 보게 되면서 자신의 처지를 달맞이꽃에 비교하여 한 편의 시를 완성한 것이 아닌가 하는 느낌을 지울 수 없다. 화안한 달밤 빈 언덕에 소리 없이 피었다 지는 달맞이꽃에 대한 연민과 함께 지금껏 살아온 삶의 궤적을 스스럼없이 되돌아본 듯한 한 편의 시. 〈달맞이꽃〉을 앞에서 언급한 백거이의 시론에 따라 음미해 보기로 한다. 첫째 시의 뿌리에 해당하는 정(情)은 시의 들머리인 '연하디 연한 순'으로부터 시작하여 전편에 넘쳐나고 있으며, 시의 '싹'이라고 보는 말(詩語) 또한 부드러움으로 일관하고 있고 시의 꽃이라고 하는 소리(시의 가락)도 잘 정제되어 있으며 열매에 해당하는 의미도 충분히 드러났다고 보며 가히 모범답안이라고 하여도 좋을 것 같다.

담장 너머 세상 그리워
목을 늘인 가지마다
꽃망울 줄줄이 피어나고

혹독한 더위
쏟아지는 장대비 속
주황색 얼굴 더욱 붉히네

하고 싶은 말 다 못하고
하늘 향해
소리 없는
나팔 불어대더니

능소화 미련 없이
툭—

어여쁜 모습
맨땅에 떨어지네

– 〈능소화〉 전문

능소화는 한여름에 넝쿨을 뻗쳐 담장을 오르며 주황색 꽃을 피우는 나무인데 혹독한 더위와 장대비 속에서도 높은 곳을 향해 한 걸음씩 뻗어 오르는 그 모습이야말로 보는 이로 하여금 끈질긴 생의 의지를 엿보게 하는 어여쁨을 지닌 꽃이라고 하겠다. 그러나 어찌하랴, 하늘도 무심한지 끝내 지붕을 오르지 못하고 담장 아래로 툭— 꽃송이를 떨어뜨려야 하는 능소화의 측은한 모습을 안쓰럽게 바라본 가편이라고 하겠다. 다음은 제4부에 실린 시 두 편을 만나보기로 하자.

이제부터 시작이다

섬광처럼 반짝 내게로 온 너
가슴은 뛰고 볼 일이다
짙푸른 물결인가
하늘로 쭉 뻗어 올린 순백의 자작나무숲인가
꽃빛 실타래 뒤엉킴을 따라
네게로 간다 느리고도 낮게

눈빛은 맑고 고요해
흠뻑 빠져들어 간 떨리는 두 손

너의 어깨를 만지작거리며
들판 지나 높고 긴 다리를 건너
초록 숲 싱그러운 공기를 들이마신다

내 안에 흐르는 벅찬 파도를 어찌할 거나
노을은 붉은 물결 속에 아른거리고
꽃은 풀숲에서 흔들리고 있는데
너를 가득 안고도 서럽다

나를 달뜨게 하는 밤이 셀 수 없이 지나
어쩌다 내게로 온
시(詩)와의 눈 맞춤

옹알이 시작이다

－〈눈맞춤〉 전문

이 시는 시인이 시를 쓰기 시작하면서 시에 대한 애정이 깊어지는 가운데 쓰여진 작품으로 보인다.

어느 날 섬광처럼 자신에게 안겨온 시의 존재를 가슴 벅차게 느끼는 감동스런 장면이 읽는 이에게 고스란히 다가오는 작품이다.

시인은 〈눈맞춤〉 외에도 〈시 한 편〉 〈너만 생각하면〉 등의 작품을 통해 시에 관한 남다른 애정과 열의를 드러내고 있거니와 앞으로도 초심을 잃지 않고 정진에 정진을 거듭해 주기를 바라는 마음이다.

추운 밤 휘몰아치는 바람 속
뒤뚱대며 얼음길 걷는
맨발의 오리가족
어미 목소리 따라
쉴 곳 찾아 헤매더라

꽁꽁 얼어붙은 탄천
봄눈 녹아내리고
내닫던 물줄기 바위에 부딪혀
빙글빙글
에돌다 흐르더라

오늘을 잡아라
까르페 디엠
빗방울 촉촉 입춘(立春)이라네
봄은 저만치 당당히 서서
어김없이 복수초 할미꽃 피우더라

깜깜한 하늘에도
노란 달은 구름 속에 빛나고
뜰 것 같지 않던 붉은 해 동녘에 솟아
맑은 아침 오늘도 내게 오리라
오늘을 즐겨라
까르페 디엠

– 〈까르페 디엠〉 전문

위의 시는 고대 로마의 계관시인 호라티우스의 시에 나오는 '오늘을 잡아라' 또는 '오늘을 즐겨라' 라는 뜻의 '까르페 디엠' 을 시 제목으로 삼은 것이다. 이경숙 시인은 이 작품뿐만 아니라 시집 제1부에 놓인 '리셋 버튼' 이라든지 '아브라카다브라', '타임푸어' 등 외래어를 시의 제목으로 정한 경우가 많음을 엿볼 수 있다. 이는 시를 읽는 독자들이 잠시 낯선 외래어에 어리둥절해 하거나 고개를 갸우뚱거릴 수 있겠으나 주석(註釋)으로 그 뜻을 알기 쉽게 풀이해 놓았으므로 큰 문제가 되지는 않을 것으로 본다.

다만 시인이 시에다 낯선 외래어를 즐겨 인용하는 이유에 대해 생각해 본다면 한 마디로 시에 대한 관심도를 높이고 시의 주제를 유니크하게, 즉 독특하게 설명하기 위한 장치일 수 있겠다는 생각이 들기도 한다. 우리들의 언어생활 속에는 알게 모르게 유머러스한 외래어가 많이 침투해 있으며, 이를 긍정적으로 수용하고 효과적으로 활용한다면 현대시의 다양성을 추구하는 측면과 시의 의미 전달에도 다소 도움이 되지 않을까 하는 생각을 하게 된다.

예시한 시 〈까르페 디엠〉을 살펴보자. 추운 겨울 맨발의 오리가족이 뒤뚱뒤뚱 얼음길을 걷는 겨울, 꽁꽁 얼어붙은 시냇물도 봄이 되면 저절로 녹아내리고 땅속에 갇혔던 복수초도 할미꽃도 보란 듯이 예쁜 꽃을 피울 것이며, 어두운 밤이 지나고 아침이 오면 붉은 해가 솟고 맑은 바람도 불어올 것이니 우리 사람들도 현실의 어려움에 시달리며 지치기보다 잠시나마 밝은 내일을 생각하며 오늘 이 시간을 즐겁게 살아가는 것이 현명할 것이라는 메시지가 담긴 이 시. 이미 시의 들머리 제목에서부터 모든 것이 함축되어 있으므로 어찌 보면 하나의 제목을 설명하기 위한 작품이랄 수도 있지만 제목과 내용이 결합하여 더욱 강한 의미전달 효과를 가져 온다는 점도 간과할 수 없는 수확이라고 보아야 할 것이다.

3.

제5부에는 시인이 지난 날 직장에 다니던 경기도 용인 지역을 중심으로 자주 나들이하던 명소 등에 대하여 쓴 시가 많이 실려 있다. 이 가운데 〈어비리 동도사〉와 〈석성산에 올라〉 두 편의 시를 살펴보기로 한다.

물고기 살찐다는 어비(魚肥) 저수지
먼 산 겹겹이 포개져
호수 맴돌고
수몰된 어비울마을 기리는
영세불망비 혼자 서 있다

임진왜란 때 불타 버린 금단사
석불좌상 모셔놓은 동리 사찰
차장업(車莊業)거사 동도사로 이름하니
신라 삼층탑 스치는 햇살 말갛고
실바람에 춤추는 연등이 곱다

금당 앞 석조 용왕상 내뿜는 약수
찾는 사람 목마름 풀어주고
서녘 하늘 토해 놓는 붉은 해
물속 타오르는 어비낙조(魚肥落照)
동도사 풍경소리도 정겹다

– 〈어비리 동도사〉 전문

용인 팔경 중의 하나인 '어비저수지'는 수심이 깊고 물의 온도가 알맞아 물고기가 살찐다는 이유로 붙여진 이름이다. 마을 이름 또한 어비리, 혹은 어비울이라 불려지고 있으며 저수지 맞은편으로 동도사가 자리잡고 있어 동도사에서 바라보는 해질녘 풍경이 아름답기로 유명하다.

지난 임진왜란 때 불타 버린 금단사를 재건한 동도사는 어비리 호수와는 떼어놓을 수 없는 관계에 있는 바 시인은 이러한 역사적 사실을 설명하면서 어비리 호수에 비친 낙조의 아름다움과 바람에 실려 사찰에서 들려오는 풍경소리를 결합시킴으로써 시의 내용과 정감을 한층 고조시키고 있다 할 것이다.

용인 멱조현 고개 석성산
햇빛 가리개 양산 닮아 보개산이라 했다지
사람들 발걸음 드문드문
뜨거운 햇살만 가득하네

옛부터 물푸레나무 무성하고

물이 많이 흐른다 하여
청덕리 물푸레골이라 부른다네
가뭄때 기우제 지내던 터만 남아
고압선 철탑 아래 칡넝쿨만 무성하구나

마고선녀 할미는 능선 따라
하룻밤에 성을 쌓고
신라땅 고스란히 지켜냈는데
큰 바윗돌 여럿, 흔적만 남고
싱그러운 나뭇잎 향기 등성을 감도네

소나무 숲지나 참나무 옹기종기
부아산과 광교산 더불어
용인 3대 명산이라 이르니
눈이 부시네, 다시 보는 오름길

-〈석성산 올라〉 전문

석성산은 용인시 동백동에 위치해 있으며 해발 471m의 높은 산으로 꼭대기에 돌로 쌓은 성터가 있다 하여 석성산이라 부른다. 산 아래로 초당 마을이 있고 동백지구 아파트단지가 높이 솟아 도시를 이루고 있으나 산의 오름길이 가파른 관계로 사람들의 발길이 드문 곳이다.

예부터 물푸레나무가 우거지고 물이 많이 흐르던 곳, 건너편으론 마고 선녀가 살았다는 할미산성이 있고, 덕분에 신라땅을 고스란히 지켜낼 수 있었다는 역사적 전설까지 갖고 있는 이 산에 올라 시인은 남다른 감회를 느꼈으리라 믿으며 산등성에 감도는 참나무의 향기에 취해 빚어낸 시편을 독자들도 마음속으로 함께 느껴보았으면 한다.

이 밖에도 이경숙 시인은 주변에서 가꾸는 텃밭이나 사람들이 많이 모이는 장터에도 가고 천변을 산책하면서 시상을 떠올려 시를 쓰고 있음을 알 수 있다. 그리고 휴일이나 시간 여유가 있을 때는 사찰이나 지역 명소를 찾아 먼 곳까지 여행하면서 시의 소재를 찾는다고 한다. 이것은 시인의 기본 덕목에 속하는 일이겠으나 이경숙 시인이 평소에 지니고 있는 시에 대한 관심과 열정으로 미루어 지극히 당연한 일로 여겨진다.

끝으로 오늘의 첫시집 상재를 함께 기뻐하며 변함없는 노력으로 형설의 탑을 높이 쌓기를 바라는 마음에서 영국의 시인 '벤 존스'가 설파한 시에 대한 의미 있는 어록을 소개하며 이 글을 맺는다.

'시는 인류에게 행복한 삶을 살 수 있는 법칙과 패턴을 제공해 준다.'

자작나무 숲으로

•

지은이 / 이경숙
발행인 / 김영란
발행처 / **한누리미디어**
디자인 / 지선숙

•

08303, 서울시 구로구 구로중앙로18길 40, 2층(구로동)
전화 / (02)379-4514, 379-4519
Fax / (02)379-4516
E-mail/hannury2003@daum.net

•

신고번호 / 제 25100-2016-000025호
신고연월일 / 2016. 4. 11
등록일 / 1993. 11. 4

•

초판발행일 / 2022년 8월 1일

•

•

값 10,000원

•

•

ISBN 978-89-7969-855-8 03810